CUENTO
DE LUZ

Para todos los amigos que abrazan a los cipreses.

- Marta Sanmamed -

© 2014 del texto: Marta Sanmamed
© 2014 de las ilustraciones: Sonja Wimmer
© 2014 Cuento de Luz SL
Calle Claveles, 10 | Urb. Monteclaro | Pozuelo de Alarcón | 28223 | Madrid | España
www.cuentodeluz.com

ISBN: 978-84-16147-05-2

Impreso en China por Shanghai Chenxi Printing Co., Ltd., agosto 2014, tirada número 1454-1

FSC
www.fsc.org
MIXTO
Papel procedente de
fuentes responsables
FSC® C007923

CIPARISO

No se olvida lo que se muere, se muere lo que se olvida

Marta Sanmamed y Sonja Wimmer

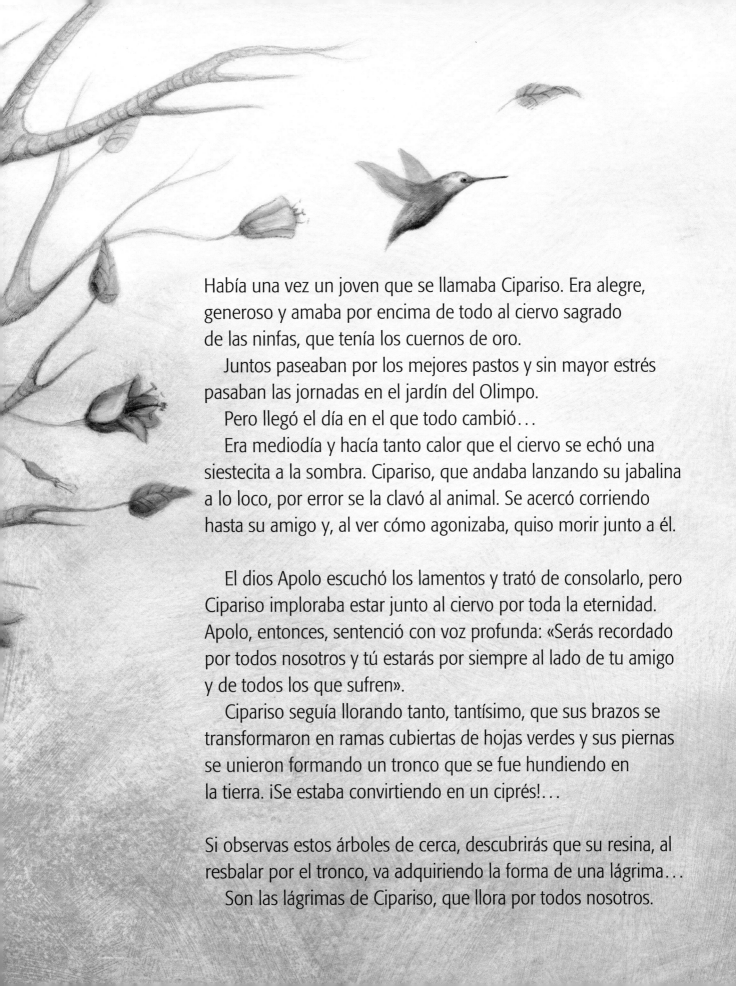

Había una vez un joven que se llamaba Cipariso. Era alegre, generoso y amaba por encima de todo al ciervo sagrado de las ninfas, que tenía los cuernos de oro.

Juntos paseaban por los mejores pastos y sin mayor estrés pasaban las jornadas en el jardín del Olimpo.

Pero llegó el día en el que todo cambió…

Era mediodía y hacía tanto calor que el ciervo se echó una siestecita a la sombra. Cipariso, que andaba lanzando su jabalina a lo loco, por error se la clavó al animal. Se acercó corriendo hasta su amigo y, al ver cómo agonizaba, quiso morir junto a él.

El dios Apolo escuchó los lamentos y trató de consolarlo, pero Cipariso imploraba estar junto al ciervo por toda la eternidad. Apolo, entonces, sentenció con voz profunda: «Serás recordado por todos nosotros y tú estarás por siempre al lado de tu amigo y de todos los que sufren».

Cipariso seguía llorando tanto, tantísimo, que sus brazos se transformaron en ramas cubiertas de hojas verdes y sus piernas se unieron formando un tronco que se fue hundiendo en la tierra. ¡Se estaba convirtiendo en un ciprés!…

Si observas estos árboles de cerca, descubrirás que su resina, al resbalar por el tronco, va adquiriendo la forma de una lágrima…

Son las lágrimas de Cipariso, que llora por todos nosotros.

Irene y Luna eran inseparables. Luna tenía catorce años y para una perra eso es ser muy viejita, pero le encantaba salir al parque a lanzarse tras los palos igual que cuando era joven.

Lo que más le gustaba era ir a buscar a Irene a la salida del colegio y que los otros niños le acariciaran la barriguita.

Pero llegó el día en el que todo cambió…

Al regresar del colegio, Irene no encontró a su amiga por ninguna parte.

Preguntó por ella y su madre le dijo que Luna se había escapado en el parque, que seguramente no volvería y que lo único que Irene podía hacer era ser fuerte.

Y eso fue lo que hizo…

Irene enumeró en su cuaderno las cosas que pensaba que hacían fuertes a las personas y organizó un plan de tareas: patinaba hasta que sus piernas no podían más, andaba en bici hasta que le dolían los músculos, saltaba a la comba, corría, subía las escaleras, hacía flexiones…

Y antes de acostarse se miraba en el espejo para ver si ya era lo suficientemente fuerte como para que Luna volviera a casa.

Entrenó y entrenó, pero nada pasó…

Pampero era un caballito muy tranquilo y sabía cómo cuidar a los niños que iban a clase de equitación. Su jinete favorito era Javier, un chico que iba a montar los sábados y que era el único que le llevaba manzanitas verdes (a Pampero las manzanas rojas no le hacían mucha gracia, ni los terrones de azúcar, aunque se los comía para no defraudar a nadie).

A veces, cuando la maestra se distraía, Pampero se arrancaba al galope para escuchar las carcajadas de Javier, que le gustaban casi más que las manzanitas verdes.

Pero llegó el día en el que todo cambió…

El último día de clase, Javier se acercó a la cuadra, pero no encontró a su amigo.

Preguntó al dueño del picadero y este, señalando el cielo, dijo muy triste: «Pampero está entre esas nubes».

Javier no entendió cómo había llegado tan alto su amigo, pero tenía que prepararlo todo para cuando regresara.

Y eso fue lo que hizo…

Durante algunos días Javier estuvo tratando de averiguar cómo se las había ingeniado Pampero para llegar a las nubes. ¿Se habría servido de una escalera gigante?, ¿se habría atado mil globos a la cintura?, ¿se habría ido en un cohete?

No encontró respuesta, pero estaba seguro de que su amigo en algún momento se caería del cielo, y para que no se pegara un trompazo contra el suelo colocó con mucho cuidado todos los cojines y almohadones que encontró en casa.

Esperó y esperó mirando al cielo, pero nada pasó…

Míster Puch era un conejo gris que comía granos de maíz. Correteaba libre por el jardín de la casa de Martina y su rincón favorito era el parterre de las rosas blancas. Lo que más le gustaba era jugar a las cosquillas, a los disfraces y al escondite.

Pero llegó el día en el que todo cambió…

Martina buscó por toda la casa a su amigo orejudo, pero no lo encontró.

Preguntó a su papá y este le dijo que el conejito se había quedado profundamente dormido…

Martina pensó que dormir era algo muy malo y se dispuso a pasar el resto de su vida despierta hasta que Míster Puch volviera.

Y eso fue lo que hizo…

Durante las largas noches Martina se despertaba sudorosa y con pesadillas cada vez que se quedaba dormida. Le empezó a doler la barriguita y la cabeza como cuando tenía gripe y se sintió muy cansada, pero, como añoraba tanto a Míster Puch, no se permitió un segundo de descanso, ni siquiera quiso dormir cuando sus primas se metieron con ella en la cama grande después de la noche de cine con palomitas de maíz.

Esperó y esperó despierta, pero nada pasó…

Tango era un jilguero feliz y muy cantarín. El nombre se lo puso el abuelo de Daniel (que es argentino), quien aseguraba que el pajarito interpretaba los tangos mejor que el mismo Gardel (un cantante muy famoso que Daniel no conocía). A Tango le gustaban las pipas de girasol y que su amigo abriera la puerta de la jaula para silbar melodías sobre el alféizar de la ventana.

Pero llegó el día en el que todo cambió…

Daniel se fue a comprar pan y cuando volvió no encontró a su amigo por ningún lado.

Preguntó al abuelo y este le dijo que Tango se había ido a hacer un largo viaje…

Daniel no comprendió que su amigo se hubiera marchado sin él y empezó a meter su ropa dentro de la mochila.

¡Iba a irse con él!

Y eso fue lo que hizo…

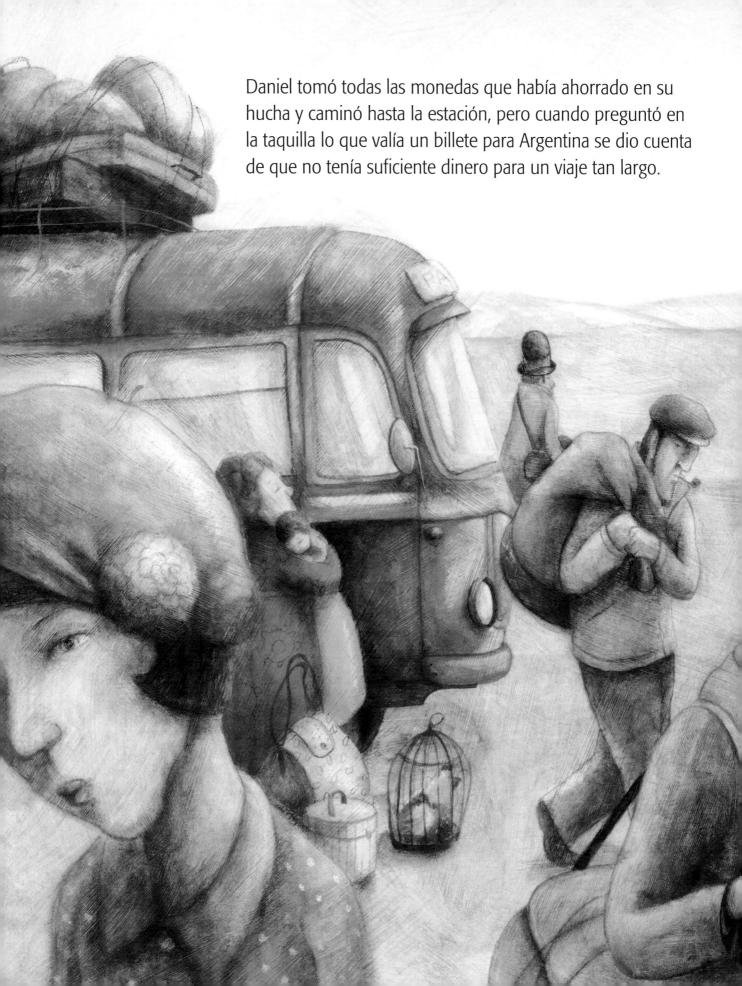

Daniel tomó todas las monedas que había ahorrado en su hucha y caminó hasta la estación, pero cuando preguntó en la taquilla lo que valía un billete para Argentina se dio cuenta de que no tenía suficiente dinero para un viaje tan largo.

Decepcionado, se sentó en un banco pensando que en cualquier momento
su amigo se bajaría de cualquiera de los autobuses que llegaban cargados
de viajeros…

Esperó y esperó en la estación, pero nada pasó…

Cipariso, como era el árbol más alto de la ciudad, podía ver lo que les sucedía a los chicos; agitó entonces sus ramas convocando a los cuatro vientos y les pidió ayuda.

El viento del norte se cubrió de plumas y adquirió la forma de un alegre pajarito, como Tango.

El viento del sur dibujó en las nubes cuatro patas, unas bonitas orejas y unos ojos almendrados, como los de Luna.

El viento del este se peinó las crines y galopó relinchando hacia la casa de Javier. Y el viento del oeste se colocó un rabito esponjoso, idéntico al de Míster Puch, y puso rumbo hacia la casa de Martina.

Todos sabían lo que Cipariso necesitaba porque lo habían hecho millones de veces… Cuando los vientos encontraron a los cuatro chicos, los reunieron y con mucha dulzura los fueron conduciendo hacia el parque donde Cipariso los estaba esperando.

Desde lejos Martina vio una gran valla y altos muros que le dieron mucho miedo, pero Javier apretó su mano y la confortó. Una vez dentro, los vientos acariciaron al imponente ciprés y se dispersaron. Todos sabían que estaban dentro de un cementerio, pero se sintieron bien y pasearon confiados hacia los rincones que les señalaba Cipariso con sus largas ramas.

Cipariso se estiró mucho para marcarles a los chicos los lugares
más importantes.

Descubrieron admirados todo lo que les mostraba: ángeles de piedra, relojes
de arena, lechuzas, mariposas, murciélagos, flores y un sinfín de corazones
esculpidos al lado de nombres y fechas. Y leyeron las palabras que allí estaban
escritas: «Nunca te olvidaremos» y «Te recordaremos siempre».

Los chicos comprendieron entonces que sus amigos no habían hecho ningún
viaje largo, que no se habían quedado dormidos, que no se habían perdido
en el parque y que, por más que entrenaran para ser los más fuertes, jamás
volverían a verlos porque, sencillamente, estaban muertos.

Era doloroso pronunciar la palabra muerte, que parecía inundar todo
de tristeza, pero llegó otra mucho más luminosa: la esperanza que Cipariso
les regaló mostrándoles una tumba donde estaba escrita la gran respuesta
a todas sus preguntas y penas:

«No se olvida lo que se muere, se muere lo que se olvida».

Los cuatro amigos se abrazaron al tronco de Cipariso y le contaron al árbol lo de las manzanitas verdes de Pampero, los palos de la perrita Luna, el escondite de Míster Puch y las canciones de Tango.

Pasaron la tarde charlando y contando anécdotas como si estuvieran alrededor de un fuego de campamento.

A ratos reían…, a ratos lloraban…, pero se sentían muy bien porque acababan de encontrar a sus amigos allí donde nunca los habían buscado: *dentro de sus propios corazones.*

La pequeña cuadrilla adornó a Cipariso con las cosas que habían pertenecido a sus amigos: Martina unió la correa de Luna a la de Míster Puch y las pusieron alrededor del tronco haciendo un bonito cinturón. Daniel colgó la jaula de Tango para que otro pajarito la utilizara y Javier adornó una rama con las bridas de Pampero. Acariciaron por última vez al imponente árbol y salieron del parque iluminados por el tintineo de millones de estrellas que sonreían felices sabiendo que esa era una noche especial porque el árbol más alto del cementerio… *había dejado de llorar.*